CIENCIA, TECNOLOGÍA,
INGENIERÍA Y MATEMÁTICA ¿TU FUTURO?

Un día de trabajo de un
GEÓLOGO

AMELIA LETTS

TRADUCIDO POR
ALBERTO JIMÉNEZ

Nueva York

Published in 2016 by The Rosen Publishing Group, Inc.
29 East 21st Street, New York, NY 10010

Copyright © 2016 by The Rosen Publishing Group, Inc.

All rights reserved. No part of this book may be reproduced in any form without permission in writing from the publisher, except by a reviewer.

First Edition

Editor: Caitie McAneney
Book Design: Katelyn Heinle
Translator: Alberto Jiménez

Photo Credits: Cover Robbie Shone/Aurora/Getty Images; cover, pp. 1, 3, 4, 6–12, 14–18, 20, 22–24 (topographic vector design) Dancake/Shutterstock.com; p. 5 Photodiem/Shutterstock.com; p. 6 Natursports/Shutterstock.com; p. 9 Hero Images/Getty Images; p. 10 https://upload.wikimedia.org/wikipedia/commons/a/af/Geologists-tools_hg.jpg; p. 11 https://upload.wikimedia.org/wikipedia/commons/f/f1/VNIIOarctic.jpg; p. 13 (top) arek_malang/Shutterstock.com; p. 13 (bottom) Cultura RM/David Burton/Cultura/Getty Images; p. 15 michaeljung/Shutterstock.com; p. 16 Konstantnin/Shutterstock.com; p. 17 Russell Curtis/Science Source/Getty Images; p. 19 Ken M Johns/Science Source/Getty Images; p. 21 (top) Radu Razvan/Shutterstock.com; p. 21 (bottom) https://upload.wikimedia.org/wikipedia/commons/8/87/Mudlogging.JPG; p. 22 Deborah Cheramie/E+/Getty Images.

Cataloging-in-Publication Data

Letts, Amelia.
Un día de trabajo de un geólogo / by Amelia Letts, translated by Albero Jiménez.
p. cm. — (Ciencia, tecnología, ingeniería y matemática: ¿Tu futuro?)
Includes index.
ISBN 978-1-5081-4763-3 (pbk.)
ISBN 978-1-5081-4746-6 (6-pack)
ISBN 978-1-5081-4758-9 (library binding)
1. Geology — Vocational guidance — Juvenile literature. 2. Geologists — Juvenile literature. I. Letts, Amelia. II. Title.
QE34.L467 2016
550.23—d23

Manufactured in the United States of America

CPSIA Compliance Information: Batch #BW16PK: For Further Information contact Rosen Publishing, New York, New York at 1-800-237-9932

CONTENIDO

Explorar una carrera CTIM	4
¿Qué es la Geología?	6
Combinar áreas de la ciencia	8
Herramientas de la geología	10
Impresionante tecnología de laboratorio	12
Ingenieros geólogos	14
Las matemáticas son importantes	16
Trazar mapas	18
La profesión de un geólogo	20
Para ser geólogo	22
Glosario	23
Índice	24
Sitios de Internet	24

EXPLORAR UNA CARRERA CTIM

Los geólogos son científicos que estudian la Tierra. Investigan lo que la Tierra fue y lo que es hoy, e incluso tienen medios para **predecir** lo que va a pasar en el futuro. Estudian los **materiales** que componen la Tierra; observan cómo ha cambiado y cómo podría cambiar en el futuro.

Los geólogos hacen parte de su trabajo en el laboratorio y otra gran parte fuera de él; eso significa que viajan a sitios muy interesantes. La geología tiene muchas especialidades diferentes, y cada una es un gran ejemplo de "CTIM", que son las siglas de "Ciencia, **Tecnología**, **Ingeniería** y Matemática."

Los geólogos necesitan tomar frecuentes muestras del suelo para someterlas a pruebas. ¡No temen ensuciarse!

¿QUÉ ES LA GEOLOGÍA?

La geología es una rama de la ciencia que corresponde a la C de CTIM. Eso significa que los geólogos son científicos **especializados**. Estudian la Tierra para entender mejor el mundo en que vivimos.

Del mismo modo que la geología es una rama de la ciencia, la geología tiene muchas ramas. La sismología, por ejemplo, estudia los terremotos: los sismólogos observan cómo, cuándo y dónde ocurren los terremotos para predecir los del futuro y contribuir a la seguridad de la población. La vulcanología es la parte de la geología que estudia los **volcanes**.  Los vulcanólogos estudian los volcanes para entender su historia y poder predecir cuándo podrían entrar en erupción de nuevo. La hidrología investiga las corrientes de agua de la superficie de la Tierra.

La paleontología es una especialidad de la geología que estudia la vida y los **ecosistemas** que existieron hace mucho tiempo. Estos paleontólogos cavan en busca de fósiles, restos petrificados de seres vivos de hace millones de años.

DIFERENTES TIPOS DE GEÓLOGOS

GEOFÍSICOS
estudian partes físicas de la Tierra

HIDRÓLOGOS
estudian el flujo de las aguas de la superficie de la Tierra

GEOQUÍMICOS
estudian las **reacciones químicas** en el agua y las rocas

GEÓLOGOS AMBIENTALES
estudian la contaminación del suelo y el agua

OCEANÓGRAFOS
estudian los océanos y cómo afectan a la tierra firme

VULCANÓLOGOS
estudian los volcanes

SISMÓLOGOS
estudian los terremotos

PALEONTÓLOGOS
estudian la vida y los ecosistemas de hace mucho tiempo

INGENIEROS GEÓLOGOS
estudian posibles localizaciones para edificar antes y durante la construcción

GEÓLOGOS ESTRUCTURALES
estudian la estructura de la Tierra: las distintas capas, rocas y montañas

COMBINAR ÁREAS DE LA CIENCIA

Los geólogos por lo general van a la universidad durante cuatro años para estudiar Geología. Algunos combinan la geología con otra rama de la ciencia, como la química o la física.

La Química es el estudio de la materia y cómo cambia. Los químicos suelen buscar de qué está hecha la materia y qué sucede cuando se mezcla con otras materias en diferente estado. Los geoquímicos estudian las reacciones químicas en el agua y las rocas. La Física observa la naturaleza y las propiedades de la energía y la materia. Los geofísicos estudian las propiedades físicas de la materia, como las capas de roca, y las fuerzas que trabajan en ella.

PERISCOPIO CTIM

Los geofísicos observan lo que sucede bajo la superficie de la Tierra. Estudian cómo se mueven las masas de tierra y sus cambios, tratando de entender las fuerzas que hacen que esto suceda.

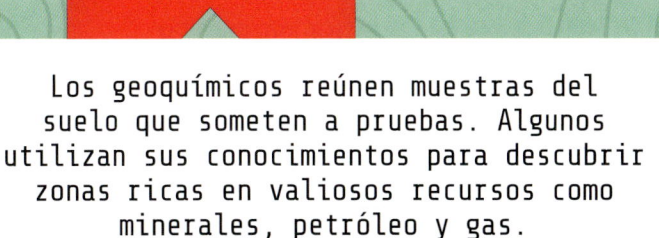

Los geoquímicos reúnen muestras del suelo que someten a pruebas. Algunos utilizan sus conocimientos para descubrir zonas ricas en valiosos recursos como minerales, petróleo y gas.

HERRAMIENTAS DE LA GEOLOGÍA

Los geólogos utilizan variadas herramientas para hacer su trabajo. Ciertas tareas requieren herramientas básicas, mientras que otras exigen la tecnología científica más avanzada posible.

Cuando un geólogo hace trabajo de campo se sirve de diferentes útiles para recoger muestras y someter a pruebas el suelo y el agua. A veces utiliza la llamada brújula Brunton, o tránsito de bolsillo Brunton, para dar con una ubicación exacta. Para obtener las muestras de suelo o las aguas subterráneas, utiliza taladros y sondas. A menudo lleva bolsas impermeables para guardar y proteger las muestras.

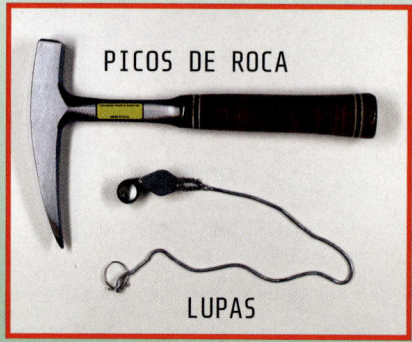
PICOS DE ROCA
LUPAS

PERISCOPIO CTIM
Las lupas magnifican los objetos de tal modo que los geólogos pueden examinar con detalle el suelo y las rocas y ver de qué están compuestos.

10

Los geólogos utilizan picos de roca, que son como martillos provistos de un extremo puntiagudo para romper rocas.

IMPRESIONANTE TECNOLOGÍA DE LABORATORIO

Los laboratorios científicos contienen la tecnología más avanzada. Los geólogos usan computadoras para almacenar información sobre las muestras que toman, para hacer gráficos y tablas y para compartir información. También para **simular** fenómenos naturales, como terremotos y erupciones volcánicas.

A veces utilizan una herramienta llamada microsonda electrónica. Este dispositivo emplea un haz de electrones cargado para escanear un fragmento de materia; puede indicarle al geólogo qué es la muestra sin dañarla. Es una herramienta muy importante en paleontología, porque las muestras son muy antiguas y se pueden dañar fácilmente.

Los geólogos utilizan unos aparatos de gran tamaño llamados espectrómetros de masas para identificar el tipo y la cantidad de productos químicos que hay en un fragmento de materia.

13

INGENIEROS GEÓLOGOS

Hasta el momento, sabemos que a los geólogos les gusta observar y **analizar** la materia, pero ¿tienen algo que ver con los trabajos de ingeniería? Algunos, los llamados ingenieros geólogos, ayudan a los ingenieros civiles y a los arquitectos a **diseñar** y construir cosas.

Antes de construir algo hay que cerciorarse de que el sitio elegido es seguro y adecuado. Nada es más importante que la calidad del suelo sobre el que se levantará una estructura. Los ingenieros geólogos estudian el terreno de construcción examinando la roca, el agua y el suelo que lo constituyen. Buscan respuestas a preguntas como: ¿Es la roca lo bastante dura? ¿Se derrumbará el suelo por las tormentas? ¿Podría inundarse?

PERISCOPIO CTIM
La opinión de un geólogo sobre dónde y cómo construir una estructura es muy importante. Informa incluso a los arquitectos e ingenieros civiles cuáles serían los mejores materiales de construcción en cada caso, si es mejor utilizar ladrillo que concreto, por ejemplo.

Los ingenieros geólogos examinan los diseños de la estructura que va a construirse para certificar que el diseño es adecuado para esa ubicación.

LAS MATEMÁTICAS SON IMPORTANTES

Si quieres ser geólogo, tendrás que aprender muchas matemáticas. Los geólogos usan las matemáticas cuando recopilan y analizan muestras. Quieren saber la cantidad exacta de materia que tienen, y emplean para ello básculas especiales. Medir correctamente les ayuda a determinar qué cantidad de **elementos** contiene la muestra.

Los geólogos también usan las matemáticas para crear tablas y gráficos, ambos muy importantes porque después se sirven de ellos para buscar o confirmar ciertos patrones.

PERISCOPIO CTIM
Ciertos geólogos examinan los diferentes estratos o capas de roca sedimentaria. Miden la altura de los estratos, que puede variar de pocos milímetros a varios metros.

Los patrones de datos ayudan a que un geólogo prediga eventos futuros. Por ejemplo, un sismógrafo mide la frecuencia de los terremotos —o actividad sísmica— característica de una zona, lo que puede ayudar a predecir futuros terremotos.

TRAZAR MAPAS

Las matemáticas juegan un papel importante en la preparación de mapas. Muchos geólogos dependen de los mapas para encontrar una ubicación exacta donde tomar muestras. Un paleontólogo en busca de fósiles, por ejemplo, utilizará un mapa para determinar dónde está el antiguo lecho de un lago. Los geólogos usan las matemáticas cuando usan una brújula para medir la declinación magnética, el ángulo formado entre la aguja y el norte verdadero.

Los geólogos realizan también estudios geofísicos, o sea recaudación de datos sobre las propiedades físicas de un área. Estos gráficos muestran la ubicación exacta de importantes características, tanto por encima de la superficie como bajo ella.

Es importante que los geólogos registren la ubicación precisa donde han tomado una muestra; establecen para ello la latitud y la longitud de ese punto, sus coordenadas, el único modo de localizarlo con exactitud.

LA PROFESIÓN DE UN GEÓLOGO

¿Dónde trabajan los geólogos? Ahora sabemos que hay muchas ramas diferentes de la geología. Algunos geólogos, como los vulcanólogos y los paleontólogos, pasan mucho tiempo trabajando en el campo; viajan a volcanes y a yacimientos de fósiles alrededor del mundo. Otros pasan más tiempo en el laboratorio, sometiendo las muestras a diferentes pruebas.

Los geólogos pueden trabajar para organismos gubernamentales, como la Agencia de Protección Ambiental, el Servicio de Parques Nacionales y el Departamento de Administración de Tierras. Otros lo hacen en empresas petroleras y mineras, asesorando a la compañía sobre dónde perforar o minar. ¡Sus trabajos pueden ser diferentes, pero todos utilizan CTIM!

PERISCOPIO CTIM
Muchos geólogos trabajan para empresas de ingeniería que quieren construir nuevas estructuras.

Las jornadas del geólogo nunca son iguales. ¡Siempre hay nuevos lugares que visitar y nuevos suelos que examinar!

PARA SER GEÓLOGO

¿Te gusta excavar la tierra? ¿Coleccionar rocas y minerales? ¿Te entusiasma encontrar fósiles? ¡Tal vez tu futuro está en la geología!

Los geólogos cursan una carrera universitaria de cuatro años en las facultades de Geología o de Ciencias de la Tierra. Después de licenciarse, pueden continuar su formación centrándose en un determinado campo de la geología: la geología ambiental para alguien interesado en conservar la naturaleza, la vulcanología para quien está interesado en los volcanes.

Sal a la calle y mira a tu alrededor: ¿Qué parte de nuestro mundo te llama más la atención? ¿Las montañas en la distancia o el suelo bajo tus pies?

GLOSARIO

analizar: Estudiar algo profundamente.

ambiental: Lo relacionado con el mundo natural.

diseñar: Crear un plan para llevar a cabo algo.

ecosistema: Los seres vivos de un área.

elemento: Materia pura, sin mezcla de otras.

especializado: Perteneciente a un trabajo, habilidad o propósito particular.

ingeniería: Uso de la ciencia y las matemáticas para construir mejores objetos.

materiales: Cosas que se usan para hacer otras.

predecir: Adivinar lo que sucederá en el futuro sobre la base de hechos o conocimientos.

reacciones químicas: Procesos que cambian la estructura de la materia que compone una sustancia.

simular: Representar el funcionamiento de un proceso en otro sistema, como una computadora.

tecnología: Conjunto de conocimientos y medios técnicos aplicados al desarrollo de una actividad.

volcán: Abertura en la superficie terrestre a través de la cual fluye a veces roca fundida, muy caliente, es decir: lava.

ÍNDICE

C
Ciencia, 4, 6, 8

E
empresas de ingeniería, 20
empresas petroleras y mineras, 20

F
Física, 8
fósiles, 6, 18, 20, 22

G
geofísicos, 7, 8
geólogos ambientales, 7, 22
geólogos estructurales, 7
geoquímicos, 7, 8, 9

H
hidrología/hidrólogos, 6, 7

I
Ingeniería, 4, 7, 14, 20, 23
ingenieros geólogos, 7, 14, 15

L
laboratorio, 4, 12, 20

M
Matemática, 4, 16, 18
muestras, 4, 9, 10, 12, 16, 18, 20

O
oceanógrafos, 7
organismos gubernamentales, 20

P
paleontólogos, 6, 7, 12, 18, 20

Q
Química, 8

S
sismólogos, 6, 7

T
Tecnología, 4, 10, 12, 23
terremotos, 6, 7, 12, 17
trabajo de campo, 10, 20

V
vulcanólogos, 6, 7, 20, 22

SITIOS DE INTERNET

Debido a que los enlaces de Internet cambian a menudo, PowerKids Press ha creado una lista en línea de los sitios Internet que tratan sobre el tema de este libro. Este sitio se actualiza con regularidad. Por favor, usa este enlace para ver la lista: www.powerkidslinks.com/ssc/geo

550.23 L   FLT
Letts, Amelia,
Un dÃa de trabajo de un geÃ³logo

07/16